# ムラサキシキブ

齋藤 葉子

本の泉社

夕日が細長いビルに半ば隠れて、川風が急に身にしみる。

一九八六年一〇月のこの日、山に沈んでいく陽が空を薄桃色に染め始めたこのとき、利根川は静かな風景の中を滔々と流れていた。

浅川鴇子は夫の信一郎と二人、河川敷の遊歩道をゆっくり歩きながら、秋草に縁取られて緩やかに蛇行している河と、澄み切った空にくっきりと稜線を描く榛名山、妙義山、広やかに裾野を伸ばす赤城山、そして新潟県との県境に重なり合うようにそびえている遠い山々を眺めていた。

三方をこれらの山々に取り囲まれて、関東平野は南東に大きく開けてゆく。その始まりのところに前橋市は位置している。

浅川鴇子は一六五センチ、信一郎は一八〇センチはあろうかというすらりとした長身で、大正二年と明治四五年生まれの夫婦としては国際級の体格である。鴇子は小作りの顔のせいで、いわゆる八頭身、骨格のしっかりしたアスリートといった印象である。

女子師範学校時代はフィールド競技の選手だった。走り幅跳びと走り高跳びが得意で県内の大会では新記録を作るなど、名をはせたものである。

「正岡の娘は嫁入り前だってのに、太ももを人目にさらして跳んだりはねたり。あの家の躾はどうなってるんだ」

女がスポーツをするなどごく珍しかった時代であり、特に田舎では顰蹙ものであった。

しかし鴇子の父正岡健吉はいっこうに気にしなかった。

彼自身が新し物好きで、農機具の改良や発明などにあれこれ手を染めた挙句、その地区では有数の大きな農家であったのに、大方の田畑を失ってしまった人だったからだろうか、六人の子供たちには好きなことをやらせた。大酒のみで六〇歳を待たず脳溢血で早死にしてしまったが、鴇子はこの父が大好きだった。

旅芸人の一座や軽業師、大道芸人などを家に泊め、子供たちを芝居やサーカスなどに良く連れて行った。

父が酒を飲みながら「阿波の鳴門」や「小春治兵衛」の道行きなど機嫌よく唸っている横で遊びながら、子供たちは六人とも浄瑠璃のさわりをすっかり覚えてしまった。今でも法事などで兄弟が集まると、みな父に良く似た、ちょっとハスキーな、とても美声とはいえない声で、いつか芝居のせりふの大合唱となる。

開放的で人付き合いの良い鴇子に対して、信一郎は謹厳実直、融通の利かない不器用者。十代の始めと終わりに両親を失い、苦学して埼玉県の師範学校を卒業した。近くの小学校で代用教員をしながら大学の夜間部に通い、そこで陸上競技もやった。

信一郎は中距離走の選手だった。戦前東京で教師をしていた彼が、同僚の教師に鴇子を紹介されたとき、この人のすらりとした体躯に惹かれ、陸上をやっていたことで話が弾んだのが結婚へとつながったのだった。

二人の散歩は鴇子が数年前体調を崩して以来、天気の良い日は欠かさず続けている。

家から五分ほどの群馬大橋下の河原に出て、利根川に沿って県庁や幸の池、前橋公園のほうまで足を伸ばすこともある。お気に入りのコースであった。

利根川は、新潟との県境あたりの山から流れ出し、幾多の流れをあわせ子持山と赤城山の峡谷を通って関東平野に入る。前橋の旧市街の西の端を緩やかに蛇行しながら南下していく。

子供の頭くらいの石がごろごろと重なっている河原を除けば、この群馬大橋あたりでは川幅はそれほど広くない。しかしその流れは、恐ろしいほどの水量とスピードで下っていく。坂東太郎という愛称にふさわしく、若々しい暴れ者の川であった。

数年に一度、大雨の後では、この石ころだらけの河原も、それに続く河川敷を利用した広大な駐車場も飲み込んで、両岸の深く切れ込んだ崖の途中までも水が押し寄せてくることがある。

流域は、北から敷島公園、運動公園、県立の工業高校、市民プール、競輪場、前橋公園、県庁、市役所、ホテル、病院などが連なり、四季それぞれに憩いの場として親しまれている。

「少し寒くなってきたな。そろそろ戻ろうか」

鴇子は信一郎が声をかけるまで、夕日の傾きに従って刻々とその色を変えていく空を眺めていた。

山の端が燃えるように明るい茜色に染まったかと思うと、空全体が赤く燃え上がり、その赤が次第に紫色を帯び、夕色を濃くしていく。山々も紫色に染まり、山襞の形に従ってその濃淡を強くしてくる。神々しいほどの、そして切ないほどのたそがれであった。

近所の肉屋で夕食のおかずの足しにコロッケなどを買いながら二人は家に向かった。

三人の子供たちが東京の大学に行き、長女と長男は東京で、次女は京都でそれぞれ家庭を持ったように、町内で小さい子供のいる家庭は本当に少なく、ほとんどが老夫婦か老人の一人暮らし。浅川の家の前の小道も、近くの小学校の通学時間以外は通行する人も少なく、子供の遊びまわる声を聞くことも殆どなくなった。

静かな住宅街の一角、レールの上を横に滑らせる鉄の門扉に、ムラサキシキブがその紫の実をたわわに枝に乗せて覆いかぶさっている。友達から貰った小さな苗木が年毎に大きく太く成長し、今では人の背丈を越えるほどになっている。

長く垂れ下がるように伸ばした枝の一本一本が、つやつやとした濃い紫色の実をびっしりとつけていて、贔屓目でみるせいか、よそのムラサキシキブより色も濃く、実も立派に見える。

「今年は一段とみごとじゃない？　うちのムラサキシキブ」

「ほんとにすごいなあ。道のほうに出すぎじゃないか？」

「切っちゃダメよ。実が落ちるまではね」

夕刊を取り、玄関の鍵を開け、門灯をつけると急に夕闇があたりに深くなった。


「お父さん、お父さん」

朝刊を取りに行った鴇子がけたたましく信一郎を呼びながら走りこんできた。

「これ見て。ムラサキシキブの枝にね、これが、この結び文があったのよ」

「へー、いまどき結び文だって？　どれ見せてみろ」

信一郎は傍らの眼鏡をかけると、おみくじほどに細長く折りたたまれた和紙を丁寧にひろげてみる。夜露にぬれたらしく少しにじんでいたが、毛筆の、美しい楷書で書かれた和歌が一首そこにはあった。

道すがら朝な夕なに観る枝の紫式部垂れてゆかしき

「なんて素敵なんでしょう。まるで王朝物語ね」

「歌も見事、字も見事、だな。毎日うちの前を通る人のようじゃないか」

「ねえ、ねえ、どなただと思う？　「秋桜」の同人の方かしら？　この字見覚えない？」

鴇子は、興奮して頬を上気させ、矢継ぎ早に信一郎に問いかけてくる。

「そうだなあ、このごろじゃ相当な年寄りでも、毛筆というのはめったにないしな。字の感じも歌も女性のような気がするけど、見覚えはないなあ」

「お父さんは女の人だと思うのね。私はなんだか上品なおじいちゃまじゃないかなって感じがするんだけど」

二人とも若いときから和歌に親しみ、幾つかの同人誌の会員でもあったので、歌を詠みこんな洒落た遊びをする友人はたくさんいそうな気がした。あの人かしら、あの人じゃないかと人の名前を挙げてあれこれ考えてみたが、結局どれもすうっと腑に落ちるような感じがしない。

その日鴇子は食事もそこそこに、思いつく人に電話をかけ続けた。

「ねえ、素敵な話でしょ。胸がわくわくすることなんて、ほんとにこのごろないものねえ。そう、あなたじゃないのね。誰だろう。あなた心当りない？」

「あなたも女性だと思う？　そうかもしれないわね。紫式部垂れてゆかしきっていう感性は女の人かも」

「今度お遊びにいらっしゃいよ。字もとっても綺麗なのよ。お見せしたいわ」

もともと鴇子はあらゆることに感受性が強く、草花や季節の移り変わり、山や空や風のたたずまい、そして触れ合う人たちの温かさや魅力に人一倍心動かされることが多かった。まして、彼女の愛するムラサキシキブに結び文があり、そこに水茎の跡鮮やかに和歌がしたためられていたのだ。この興奮は当分収まりそうにないなと、信一郎は寝転がって鴇子の弾んだ声を聞きながら苦笑する。

「返歌をね、どうしたらいいかなって考えてるのよ。また枝に結んでおくっていうのがまずは一案かなと思うんだけど、なんか二番煎じじゃない？　もっと印象的な方法ないかしらね」

その日は夜更けまで鴇子の電話は続いていた。

一九八六年一一月七日の上毛新聞の「ひろば」にこんな投稿が掲載された。

「ゆかしき紫式部への結び文」　浅川鴇子

ただいま、我が家の玄関先にはムラサキシキブのかわいい実が、紫色に日ごと美しく輝いています。

花は小さく目立たない薄いピンクで、木そのものは、もともとあまり大きくはないのですが、我が家の紫式部は条件に恵まれたらしく、見上げるように大きく育ってしだれかかる枝に、たわわに紫の小粒が光っています。そして「すてきね」「これ紫式部なんですか？」と道行く人たちが時々声をかけてくれます。

私自身、まるで紫式部に憑かれたように、一日に何度も庭に出ては眺めるこのごろです。

けさ、その枝先に紙切れが結びつけてありました。おみくじほどの大きさの三折りの白い紙に、手なれた文字で（夜露で文字はにじみ出していましたが……）次の短歌がありました。

道すがら朝な夕なに観る枝の紫式部垂れてゆかしき

すばらしい短歌に、私も夫も深く感動いたしました。前の道を毎日お通りになるお方かと存じます。残念ながらお名前がなかったのですが、詩ごころ豊かなこの歌の主にぜひお目にかかりたいと思っています。

ゆかしいうたの主よ、電話でお声だけでも……。

ちなみに、私のつたない短歌は

久に訪う友の眸のなかに映る紫式部のあえかなる色

夕陽さすつぶらなる実の紫に心寄せゆく憑かれしごとくに

松井笙子はこの記事を、市政調査室の片隅で読んでいた。体がかっと熱くなり、頬が上気して赤くなってくるのが分かる。

二週間ほど前、薄暗がりでドキドキしながらムラサキシキブの枝にあの一首を結び付けて以来、「浅川」と表札のあるあの家の前を通るたび、もしや結び文がないかと半分期待しながら、半面私の仕業だとばれないだろうかと、何気ない振りをして自転車のペダルを強く踏みしめたりしてきた。

二週間も何事もなかったのだもの、いたずらだと無視されたのか、あるいは誰か通行人が取って捨ててしまったのかもしれないと思っていたのだった。

「こんな風に返事が来るなんて……」

予想もしていなかった展開に、笙子は嬉しくて胸がときめき、「どうしよう」とうろたえるような気持ちにもなっていた。

彼女はこの浅川鴇子という人を見かけている。

浅川の家の前を通りながら、あるときは道を掃いていたり、あるときは近所の人と立ち話をしていたり、あるときは塀に沿って夏の間たくさんの花をつけていた朝顔の種を取ったりしている、背の高い元気そうな婦人を見かけることがあった。

「あの人が鴇子さんという人だわ」

自転車で通りすがりに聞こえてきた声は、はっきりとした意志にあふれた力強い声だった。

ガレージのシャッターが開いて、眼鏡をかけたシルバーグレイのふさふさした髪の、夫と思われる人が、古ぼけたブルーバードを運転して出てくるのを見かけたこともあった。だがそれ以外のことは知らない。

ブロック塀を越えて春はもくれんや山桜が咲きこぼれ、秋はもみじが見事に紅葉し、玄関脇の洋間の白い漆喰壁に小ぶりのピンクの花をつけるバラが這い上っているのを、長年見るともなしに眺めて通っていた。中でもこの季節、日一日と紫の色を濃くしていくムラサキシキブに心惹かれていたのだった。

笙子は一〇年近くもこの家の前を通り、市政調査室に自転車通勤を続けている。非常勤職員なので、室長が六人、職員も次々と代わる中で、彼女は変わらず同じ部屋に通い、今では誰よりもこの仕事の変遷や内容を良く知っている。

主要四大新聞と地方紙、政党の機関紙に毎日目を通し、前橋市関連の記事をクリッピングする、週刊誌やその他の雑誌類については市政に関する記事索引を作成する、出版目録をチェックして市政に必要と思われる図書のカードを作成し、その中で購入すべき図書を選別する、前橋市や市議会の出版物を整理し、ストックする、これらが彼女の主な仕事である。

議員や市民からのさまざまな問い合わせに即座に回答できるようにしておかなければならない。問い合わせを受けて回答するのは職員だが、最近は

「松井さん、地区ごとの防災訓練予定表ってどこにある？」

「新生児の名前ランキングなんてあったっけ？」

などと結構頼りにされる存在になっていた。

仕事自体は嫌いではない。だが、やはり責任ある仕事を任せられることもなく、わずかなベースアップはあるものの、昇進するわけでもない立場に飽き足らず、若いときから続けている書道を習うかたわら、ラジオやテレビで和歌を勉強し、去年はオープンカレッジで「源氏物語」の講義を受けた。

自分を表現することを熱望しながら、文章を書くことは自分には無理と思う。古典文学や和歌が好きなのでこの道を進みたいと思うのだが、生来の引っ込み思案が災いしてどこか短歌のグループに属することも、短歌誌に投稿することもなく過ぎてきた。

ラジオ、テレビの講座に自作を送って添削してもらいながら書き溜めた歌はノート五冊にもなっている。

「源氏物語」の講座は一年間だったので、もともと本文を全部読むという内容ではなく、五十四帖と宇治十帖の概要解説中心であった。

その中で講師の用意したプリントで原文に触れ、是非読みたいという受講生が、講座が終了してから週一回「原文講読」の集まりを持っている。たまに講師だったM教授にお出ましいただいて、日ごろ素人だけで読んでいて、どうしてもわからないところを教えてもらっているが、全部読むには何年かかるのだろうと気が遠くなるようである。

二週間ほど前のあの夜も講読の集まりの後であった。

最近は参加者が減って、とりわけ熱心な六、七人になってしまったが、本当に「源氏物語」が好きな人たちばかりが残って、賑やかな議論になる。その夜は桐壺の更衣の身分をめぐって講座の内容やそれぞれの思いが飛び交い、ひんやりした夜の空気に触れても頬のほてりがまだ残っていた。

笙子は数日前から、あのムラサキシキブの枝に結び文をしようと決めていた。

丁寧に歌をしたためた小さな和紙は、何日も彼女のバッグにあって、何回も浅川の家の前を通っていたが、なかなか実行する勇気がわかない。悪いことをするわけでもないのに、気後れしてしまう。人が通ったらどうしよう、門から誰か出てきたらどうしよう、まだ薄明るいし、明日にしよう、と思い惑っていたのだった。

その夜、八時を過ぎた時刻でもあり、薄暗い街灯がぼんやりと照らしているその小道に人影はない。先ほどの集まりの興奮も手伝って、笙子は文を結んだ。

「丸めて捨てられてしまってもいい」

そう思いながら、でもどこかで期待する思いもあった。その後通りかかって結び文がなくなっているのを確かめてからは、何か結び付けられていないか、通るたびついムラサキシキブの枝を目で探る。

この二週間、ムラサキシキブは何事もなく美しい紫に輝いているばかりだった。

「和歌をする人だったんだ」

笙子が「ひろば」の投稿を見たとき感じたのはある種の不思議であった。

一二〇〇年も前に一人の女性が書いた物語を、昭和の今学んでいる私。知れば知るほど「源氏物語」というものの凄さに驚き、本名も分からない、紫式部という作者にひきつけられる。そして、静かな小道にひっそりと建つ二階家の門扉に、こぼれるように覆いかぶさって、その作者の名で呼ばれるつやつやと輝く実。王朝の雅に触発された「ちょっとしたいたずら心」で結んだ文。その家の主がこうやって返歌をしてくれた。

「まるで物語みたいに」

笙子は「ひろば」の記事を丁寧に切り抜いて、いつも持ち歩いて和歌を書き溜めているノートに挟んだ。

過日〝ひろば〟に載せてもらった「紫式部への結び文」の後日物語を報告させて

いただきます。私がぜひお会いしたいと願ったあの歌のぬしから、再び結び文がありましたので……。

夕食後の散歩から帰ったら、夜の玄関先に真っ白い結び文を再びみつけました。そして私は「やっぱり来たわ！」と恋文でも開くような心躍る思いで読みました。

名のるほど長たる才もなかりせば秘してまたよし花の縁よ

その方は私の〝ひろば〟を読んでくださったのです。謙虚なすがすがしいお心で名を秘し、ただ花の縁（えにし）にゆだねてお返事を下さったのでした。私たちは再び深く心を打たれました。床しいお人柄がしのばれ、「男の人かしら？　女性かしら？　すてきな方ね」――その夜は夫との楽しい会話が続きました。

輝く紫の実を仲介に響き合い、通い合った夢とロマンの縁は、うるおいやみやびの心など失いそうな世相の中で、私たちにとって心温まる、ほのぼのとした刺激でした。そして、やっぱりお目にかかりたいと思うことしきりです。

再びを歌結び賜いしその人の名は秘めしまま紫の濃し

浅川鴇子の投稿が上毛新聞の「ひろば」に載ったのは、一一月末であった。九月の半ばから色づき始めたムラサキシキブは、あらかた葉を落としてしまっていたが、その実は手を触れるとほろほろと零れ落ちるほどもろいのに、紫の色も衰えずたわわに枝にある。落ちた実は路の傍らをうっすらと紫に染めていた。
鴇子は毎朝、通勤や通学の人たちが通る時刻を見計らって、道に落ちたムラサキシキブの実や落ち葉を掃き清めるようになった。ここを通っていくどなたがあの文を結んでくれたのだろう、きっと出会っているに違いない、私の姿を見かけてくれているに違いないと思うと心が弾んでくるのだった。

師走も間近なこのごろはぐっと冷え込んで、前橋特有の空っ風が吹くことも何度かあったが、一一月最後の日曜日は晴れてうららかな日になった。

今日は午後からお見合いがある。

夫妻はこれまで五〇組近くのカップルを誕生させ、そのほとんどの仲人を務めてきた。娘たちには「お母さんの趣味ね」と言われるが、鴇子は異性にめぐり合うことの少ない未婚の人たちを見ると、そして彼らが好ましければ好ましいほど、いい縁に恵まれないかしらと思ってしまう。趣味などと不謹慎なことを言われるのは本意ではないが、おせっかいではあるかもしれない。

多くの教え子や知人を紹介し、おおかたは幸せな家庭を作り感謝されている鴇子だが、自分の子供たちはそれぞれ勝手に相手を選び、さっさと結婚してしまっている。

長女が大学を卒業するころ、三〇年来の親友の息子との結婚を勧めたことがあった。

「坂本のね、素封家の息子さんで、私もよく知ってるけどとても知的なすごく感じのいい人よ」

「坂本ってどこさ」

「松井田の先よ。お前小学生のころお邪魔したこと覚えてない？」

「あ、なんかちょっと記憶がある。取りたての椎茸の焼いたのご馳走になっておいしかったの覚えてる。田舎のでかい家だったよね」

「明治大学を出て、しばらくサラリーマンしてたらしいんだけど、お父さんが体調を崩したこともあって会社辞めて家に帰ってきたんだって。先方はあなたの娘さんなら願ったりかなったりって乗り気なのよ」

「何してるの、武田さんの家」

「大きな農家よ。家作も田畑も山も持っていて資産はあるから、お嫁さんが農業したくなければ家にいても、何か仕事をしても構わないって」

「やだ。そんなことまで話してるの」

「まあそれは一般論としてだけど。ともかく一度会ってみない？」

「私はお見合いはしないよ。私は結婚て条件でするもんじゃないと思ってるの。きっといつか、あ、この人と結婚したい、この人の子供が欲しいって思える人にめぐり合うと信じてる。お母さん、サン・テグジュペリのこんな詩、知ってる？『愛するということは互いに見合うことではなく、一緒に同じ方向を見ることだ』っていうの。一緒に同じ方向に歩いていける人を見つけたい」

「知り合うきっかけがお見合いだって、そういう人とめぐり合うこともあるじゃない。お母さんは自分がずっと仕事をしてきて、子育ても家庭のこともほとんど人任せだったし、それでもそれなりに苦労してきたから、お前には幸せになってもらいたいのよ。苦労させたくないというのは親だったら誰でも思うことよ」

「苦労ってなんだろう。お金があって暮らしには困らないけど、古い因習や舅、姑に苦労することだってあるでしょ。どんな苦労だったらわが身に引き受けられるか、私はそれも自分で選びたい」

「お金の苦労を知らないあなたがよく言うわね。夢みたいなことばっかりなんだから」

「あのね、オナシスさんみたいな世界の大富豪だったらオーケーだよ。それ以外は五十歩、百歩でしょ」

いたずらそうにクスッと笑っていた娘の顔と、そのときの会話を鴇子は今でもよく思い出す。

結局長女は出世やお金とはどう見ても無縁そうな人を選んで結婚し、子供を保育園に預け共働きをしてきた。自分も教師という仕事に情熱をかけてきたから、今の娘の生き方を理解できるし、あの時言っていたことを一途に実現してきた彼女を誇りにも思っている。三人の子供たちが、息子も含めて共働きをしているのを見ると、結局は親の背中を見て育ってきたということなのだろう。

　けれども鴇子は、結婚したいけれど相手が見つからないという若い人に、自分の目で見てこの人ならと思える人を紹介してあげるのは、人生の先輩である自分たちの役目だと思っているのである。


「こちら、宮脇かなえさん。K小学校の先生をしていらっしゃいます。それからこちら、木佐貫毅彦さん。赤城山の麓の種畜場に勤めている私の教え子」

「宮脇です。はじめまして。来年の三月で三七歳になります」

　小柄なせいか年よりは若く見えるかなえの快活な挨拶に、毅彦は照れてどぎまぎしている。彼も来年は四〇歳になるはずだった。

「あ、あの、木佐貫です。浅川先生には中学のときお世話になりました」

二人ともとっくにいわゆる適齢期を過ぎ、周りに結婚の対象となるような人もいないまま今まで来てしまっていた。

鴇子はティーカップに薫り高いアールグレイを注ぎ、かなえのおもたせのケーキを二人に勧め、二人の会話が弾むようにあれこれ話題を提供する。

最近のトピックスの「ムラサキシキブの結び文」を見せたり、「ひろば」の投稿を広げたりしたが、毅彦のほうはもともと無口なたちで、はー、とか、ほう、とか言うばかりで、いきおい、鴇子とかなえとの間で話が盛り上がるばかり。

「こんなだから女性にもてないんだわ」と鴇子も手を焼いてしまう。三人がふっと黙り込んで気まずくなりかけたとき、窓の外で「ニャーニャー」と猫が鳴いた。

「あのー、聖書の中に猫って登場しますか?」

かなえがクリスチャンだということを紹介したときには「はー、そうですか」といっただけで特に関心を示さなかった毅彦の突然の質問だった。

「え、猫ですか？　どうかしら。あら、知らないわ。あとで神父様に聞いてみます」

毅彦のとっぴな質問をきっかけに二人の会話が弾みだした。

「源氏物語の若菜の巻では、猫は重要な役割を果たしているんです」

「木佐貫さん、源氏物語お好きなんですか？」

「中学のときは、浅川先生に教わったのに古典は苦手で。でも、大学でも試験場でも農学とか動物学関係の本ばかりだったもんで、一つくらい古典を原文で読もうって思い立って」

とつとつと話す毅彦は急に魅力的に見える。

学校の縁の下の土ぐもを観察するあまり、始業のベルにも気づかず国語の授業に遅れた毅彦のことを思い出した。とても「源氏物語」を全部読み通すようになろうとは想像できなかった。

「木佐貫さんは猫派ですか、犬派ですか？」

「僕は動物は何でも好きで……」

「私は猫は苦手なんです。ほら、猫って、言葉でもあんまりいいイメージじゃないですよね」

「猫なで声、とか、猫っかぶり、猫ババ」

「化け猫はあるけど化け犬なんてないでしょ」

二人の会話が調子に乗ってきたところで、鴇子はさりげなく席をはずす。洋間の楽しそうな笑い声に安堵しながら、彼女は、庭の片隅に増築した小さなアトリエで絵を描いている夫にケーキと紅茶を運んだ。

「ちわー！　浅川先生いらっしゃいますか」

元気のいい声が家中に響き渡る。鴇子が玄関に急ぐと、きちんとした背広姿の若者が立っていた。

「あれ、森山君、だよね？　立派になって見違えちゃいそう」

「ご無沙汰してます。先生、門のチャイム壊れてるよ」

「ごめんごめん。気がついてたんだけど直すの忘れてたわ。久しぶりだね。さあ、上がって」

三年前まで非常勤講師をしていた高校の卒業生だった。

「先生がさ、胃の手術したって小林から聞いたんだけど、そん時忙しくってさー。見舞いにこれなくってすんませんでした。元気そうじゃない」

「二年前に胃を四分の三切ったのよ。ガンの初期だって言われたんだけど、今のところすこぶる元気よ。森山君、自動車関係の会社に就職したんだっけ？」

「そう、三菱自動車。実はね、その三菱ランサーっていう車の売り上げ成績がトップになって、代表としてフィリピンにキャンペーンに行かせてもらえることになったんです。どうしても先生に報告したくってさ」

「やったー！　おめでとう」

仲間と話すような言葉と敬語が絶妙に混じる森山は、出されたせんべいをバリバリかじりながら嬉しそうにニコニコしている。

彼は授業態度もまじめとは言えず、テストの成績も上位には程遠かったが、どことなくセンスがよく人懐こい生徒だった。

市川房枝が亡くなったとき、この尊敬する先達のことはどうしても子供たちに話しておきたいと、国語の授業の冒頭で切り出した。

「市川房枝さんが亡くなりました」

「えー、市川房枝なんて知らねー」

「なんだ、ばあさんか」

「先生、松田聖子の話しよう」

男子校である。こんな反応にめげては教師はやっていられない。鴇子はかまわず話を続けていた。

その時突然教室の最後列で、細かくちぎった紙をあたりにばら撒いて大騒ぎを起こし授業をめちゃめちゃにしたのが彼だった。そういういたずらはしょっちゅう起こっていたが、そのときばかりは腹に据えかねて放課後空き教室に彼を呼び出した。

学校なんて親のためにしょうがないから来てやっているんだ、という彼の言葉に、これが県内で中程度の高校に通う生徒たちの本音なんだろうなーと思ったものだった。

「先生に説教されたでしょ。あのときの言葉よく覚えているんです。『困難に直角にあたれ』っていうの。自動車のセールスしてて、アーやだ、もう辞めたいって何度も思ったけど、そういう時不思議にそれ思い出しちゃってさ、そのおかげかな」

「君には才能と魅力があるってことなのよ。うれしいなあ、先生のところに報告に来てくれるなんて。教師冥利につきるよ」

「そう言ってくれると思ったんだ」

ゆっくりしていけ、という言葉に、報告しにきただけだから、と立ちかけて、森山はまたソファに戻った。

「先生、夏だったと思うんだけど、前橋駅前で署名活動してたでしょ」

「ああ、原水爆禁止の署名だったかな。気がついたんなら声かけてくれればよかったのに」

「やだよ。会社の人たちと一緒だったしさ。うっかり声かけたら、ほら署名しなさいとか、絶対言われそうだもん」

「確かに」

「病気したばっかりって聞いたのに、あんな暑いところでずっと立ってて。あんまり無理しないほうがいいよ」

「ありがとう。でもね、私は戦前から教師をしてたでしょう。その時代は誰でもそうだったけど、私も愛国教師でさ、たくさんの教え子を戦場に送った。そのことを思うとじっとしてなんかいられないの。絶対戦争は起こしてはダメ。あんたたちみたいな若い人たちを絶対戦争にやらない。そのために少しでも何かすることが私の償いだと思っているの」

「僕も戦争は反対だよ。僕ね、戦争に行ったら真っ先に撃たれちゃうような気がするんだ。まーともかく、年なんだしさ、無理しないで頑張ってください」

鴇子は、六〇年前は戦場だったフィリピンに日本車のキャンペーンに行くという教え子の姿を見送りながら、健全な感覚や優しさをいつまでもなくさないでいてほしいと願った。

暮の二八日、真っ先にやってきたのは長女茅子の一家であった。いつもは老夫婦二人だけの静かな浅川家がにわかに活気を帯びてくる。

鴇子は、お正月休みの一週間と、夏お盆の頃、三人の子供たちの家族があいついで帰郷する現象を「全員集合」と呼んで心待ちにしている。子供三人、その連れ合い三人、そして二人ずついる孫たち六人、浅川夫婦を入れて一四人がこの家に集うのである。

「ただいま」

と彼らは決まって挨拶する。彼らが口々に「ただいま」と言いながら駆け込んでくる瞬間が鴇子と信一郎にとって最高にうれしいときなのだ。

茅子の息子は二人とも中学生、兄の和人は高校受験を控えた冬だ。

「お母さん、ちょっと痩せたんじゃない？　調子はどう？」

茅子は鴇子の顔を見るなり心配そうに尋ねる。

「胃が四分の一しかないんだもの、多少痩せるのはしょうがないよ。夏の間はあまり食欲もなかったし。でも今は調子いいのよ」

「それならいいけど。気になっていてもなかなか帰れなくてごめんね」

子供たちと夫の悠治がばたばたと荷物を二階に運んでいる。

「うわー、今年は庭が綺麗じゃない」

「そうなのよ。植木屋さんが忙しくなる前にと思って、先月手入れをしてもらったの。お正月の準備が整ってるのは庭だけよ」

毎年皆が集まってから、おせち料理を作ったり、門松、花などの買い物をしたり、大掃除をしたりとあわただしく正月の準備をするのが常である。

「お、懐かしいな、このミシン」

隣の八畳間から茅子の夫の悠治の声がする。

物置に押し込んであったのをつい最近夫に引っ張り出してもらって、綺麗に磨いたり油をさしたりしてまた使っている足踏みのシンガーミシンである。

ミシンの乗っている板は角が擦り切れており、塗料もはげてささくれだっているが、鋳物で出来た土台の部分はしっかりとして、ミシン本体も美しい形を保っている。

「まだ使えるの、これ。すごいね」

「骨董品だね」

孫たち二人も集まってきてペダルを踏んだり、台の中にミシンをしまったり出したり大騒ぎである。

「まだ使えるって、これはね、いまどきの電動ミシンなんかと違ってほとんどが人力で動くからね。故障ってまずないのよ。ボビンと針は幸いストックがこの引き出しに入っていたの。ただこの革のベルトがね、もうぼろぼろになってて、ところどころテープで止めてるから動きが悪くって。そろそろ寿命だわね」

「取り替えればまだもつんじゃないかな」

悠治はしゃがみこんで大きな車輪にかかっている革ベルトを調べている。

「取り替えるってあなた、もう部品なんて扱ってるところないわよ」

「他のものでなんか替えられないかな」

「溝にちょうど合わないといけないし、難しいんじゃないの」

「いいよ、いいよ。もう私たちと同様十分働いたしね。これが切れたら終わりでいいのよ」

しばらく太さや長さを計ったりしていた悠治は、ダメでもともといいながら二人の息子を連れてベルトになる材料を探しに出かけていってしまった。

「まったくお父さんたら、こういうことがなにより好きなんだから。見つかるまで前橋中を探して歩くわよ。ほんとにこの忙しいときに余計なこと思いつく人なのよね」

茅子はぶつぶつ文句を言いながら、信一郎が一人で新聞を広げている居間のこたつに戻ってきた。

「みつかりゃしないよ、あんなもの。だいいち輪っかにしてスムースに動くようにしなきゃなんないんだからまず無理だろう」

信一郎は老眼鏡の上から娘の顔を見上げてひとごとのように言う。

「悠さんならなんか見つけてきそうな気がするわ。ほら、あの人網戸張りでも上手にするし、階段に手すりつけたりとか、水道がぴちゃぴちゃ漏れてるの直したり。こないだなんかピアノの鳴らなくなったふぁの音だったかしら、あれだって直しちゃったじゃない」

悠治は鴇子の信頼抜群なのである。彼も早くに両親を亡くしたせいで、信一郎と鴇子を本当の両親のように慕っている。

「お母さん、あのミシンでよく私たちの洋服作ってくれたよね。考えてみると仕事持っててよくやったもんだと思うわ。私なんて、学校の体操着に名札つけるくらいのことでも面倒くさいなって思っちゃう」

「そういう時代だったのよ。今みたいにしゃれたものが安く豊富にあったわけじゃないもの」

「思い出すなあ。ほら、夏の白地の、薄いグリーンの葉と黄色の小花模様のワンピース、芙蓉とお揃いで作ってもらったの。パフスリーブにしてくれて。あんな素敵なの誰も着てなかったよ」

茅子は古いミシンに触発されて、次々と幼い頃のことを思い出す。

同じチェックの布で茅子と妹のプリーツスカートを作った後、残ったからといって弟の正樹の半ズボンを作った。今でこそ男の子もピンクや赤の服を好んで着ているが、あの頃は緑と赤のチェックの半ズボンというのは相当奇抜な格好だった。それを着た弟を女の子二人でからかって笑い転げたものだから彼は二度とそれを履かなかったこと。

母の着物を解いて洗い張りをした日向の縁側。それを布団に仕立て直し、綿入れをするのを手伝ったこと。着物の上に白い割烹着をつけ、手ぬぐいであねさんかぶりをした母の姿。

「お母さんて案外家庭的な人なんだね」

茅子はかなり大きくなるまで、ほとんどの友達のお母さんは家にいて、学校から帰るのを待っていてくれるのを羨ましく思っていた。まだ保育園も少なく、学童保育などなかった頃だから、鴇子が復職してからはずっとお手伝いさんがいて鍵っ子ではなかったが、母が台所に立っていたり、ミシンを踏んでいる姿を見ると安心したものだった。

鴇子は教師という職業柄、生徒がなにか問題を起こしたり、家出をしたなどという事件が起こると一晩中帰らないこともあった。その上、組合活動も熱心で勤評問題や安保闘争などで家を空けることも多く、自分では「ノンポリ」ではなく「ノーマルなリベラリスト」と言っていた父と言い争いになることもしばしばだった。

中学時代まではそんな母の生き方に反発して「私は家庭にいて子供やだんな様に尽くす家庭的な主婦になる」と言っていた茅子が、母のバイタリティにはとてもかなわないながら今も働いている。

午後遅くなって長男正樹の家族、次女芙蓉の家族が次々と到着し浅川家は大騒ぎとなった。

民族大移動のように荷物がそここに散乱し、子供たちは走り回り、鴇子が披露している「ムラサキシキブの結び文」や新聞の投稿の切抜きが次々と手から手に渡り、コタツの上にはたくさんの茶碗やお菓子やみかんが所狭しと並び、だれかれのおしゃべりが順序も脈絡もなく交錯しあっていた。

「さあ、そろそろ夕食の用意しなくちゃね」

「あ、お母さんは座ってて。女が三人も揃ってるんだから今日は私たちがやるよ、ねえ、お姉ちゃん、絵美ちゃん。おせちはお母さんが指揮官だからね」

芙蓉が率先して立ち上がったとき、どやどやと悠治一行が帰ってきた。

「なかなかちょうどいいのがなくてさ。結局犬のリードだけどこれでなんとかやってみますよ」

悠治がミシンのいきさつを話すと正樹も芙蓉の夫の剛も大乗り気で、さっそく工具を持ち出して三人で作業を始める。子供たちも興味しんしんで全員が父親たちの周りに集まってしまった。

「そんな寒いところでみんな大丈夫か。洋間のストーブ持ってきてやろう」

信一郎も半分あきれながら和人と弟の健人に手伝わせていそいそと楽しそうだ。

浅川家の「全員集合」は夏も冬もこんな風に騒々しく始まり、一四人分の大量の食料やビールや酒が消費され、大人も子供も、時にはいさかいが勃発するものの、大方は歓声と絶え間ないおしゃべりと笑い声で満たされる。

上は中学三年生から下は小学校に入ったばかりの千香まで六人の孫は、この「全員集合」のおかげで兄弟のように仲がよい。

鴇子が病気をするまではほとんどこの孫たちの世話も食事の準備も鴇子にまかせ、親たちはマージャンをしたりゴルフの打ちっぱなしに行ったり、同級生と遊びに行ったりと勝手気ままに過ごしていたものだ。

それが普段孫たちと接する機会の少ない信一郎と鴇子へのサービスと心得ている節があり、鴇子もまた、「甘えられるのは親の家だけだもの」と思っているのだった。

二九日は買い物と掃除に全員がよく働き、玄関には松と水仙と千両の赤い実が生けこまれ、注連縄のついた簡単な松飾も打ち付けられた。

ミシンはどうやったものか、すっかりスムースに動くようになって、綺麗に掃除された縁側に磨き上げられて鎮座している。

「ふふふ、このミシンも私たちと同様もう少し頑張って働けってことね」

鴇子は縁側を通るたび頑張れよ、とその美しいボディをぽんぽんとたたいてやった。

三〇日は信一郎と鴇子が孫たち全員を連れ、剛の運転で、剛たちが京都から乗ってきたワンボックスカーで知り合いの農家の餅つきに出かけた。毎年お正月中食べてもまだたっぷりと余り、それぞれの家族が貰って帰れるほどの餅をついてもらってくるのだった。

大晦日の朝は、この冬一番の寒さかと思われるほどの冷え込みで、庭一面に霜柱が立っていた。若者たちは毎晩遅くまで起きているので朝は一〇時頃まで起きてこない。

このところ鴇子は先日投稿した原稿が載っていないかと、毎朝真っ先に上毛新聞の「ひろば」欄をひろげていた。

「あった」

「花の縁〝三たびの結び文〟」

「紫式部への結び文」で私は思いもよらぬ大勢の方からの、優しい心に打たれました。

高崎の桂川さんからは〝ひろば〟に「受ける者、与える人の才と呼吸の見事なかみ合いに感銘」と添えて下さいました。さらに、コピーは東京の孫から担任の先生に渡り「きょうの職員会議の楽しい話題でした」とお便りが参りました。

K前知事からも「花の縁よかった」と電話をいただき、九十四歳の日吉町・玉尾さんからも丁寧な封書で「ハイヤーで見に行きたい」など、思いがけない〝ふれあいのひろば〟でした。

そして、三度目の結び文が……。


此の糸にひき結ぼれし花の縁知るや知らずや実は枝に在り

(「此の糸」は「ムラサキ」に掛けたものでしょう)

寒い朝でしたが、ほのぼのと心温まる思いで明るい一日でした。

長い間私を慰めてくれた紫式部の実も、寒波でめっきり衰えを見せてきました。

あと幾日この紫の耐ゆるらむ赤城颪よ心して吹け

と祈るような気持ちで終焉を見守る私。老二人の我が家にとって、今年のトップニュースでした。優雅さをロマンを、そしてふれあいの心を広げてくださった〝ひろば〟に、心からお礼申し上げます。

そして、結び文の主に、せめて私のささやかな歌集を差し上げたいのですが、上毛新聞の〝ひろば〟担当者にお願いしておいてよろしいでしょうか……。

鴇子の不安が兆したのは四月頃からだった。

全身の倦怠感が激しく、生来働き者で自分では貧乏性と称していた鴇子が、コタツに半身を埋めてごろごろしていることが多くなった。食事は三度三度きちんと作り、夫とともに食べてはいたが、何が食べたいという意欲が湧くことは少なかった。

それに、体重。肥満には見えなかったが、身長があり骨格がしっかりしているせいで一頃六〇キロはあった体重が昨年の夏頃から減り始め、今は五〇キロをきりそうだ。もともと小さい顔がさらに縮んで化粧をしないと本物の老婆に見える。

胃がんの再発だろうか。不安に駆られながら、それでも鴇子は病院に行こうとしなかった。もしがんの再発ならば、また手術ということになるに違いない。そして、今度は手術してもダメだろう。たとえ手術によってわずかに命を永らえるとしても、長期間病院のベッドに縛り付けられるのはもうごめんだった。

春特有の風の吹き荒れる中、中央市民会館の館長をしている伊田美津子が訪ねてきた。伊田は半白の髪を風でくちゃくちゃにして、乗ってきた自転車を門の中に引き入れながら

「浅川先生、いらっしゃいますかあ」と鴇子を呼んだ。

「伊田先生、わあ、こんなひどい風の中、ようこそ」

鴇子は二〇歳も年下の伊田をいつも先生と呼ぶ。

市立の小学校の校長を務めたあと、三年前請われて市民会館の館長に転進し、そのころ鴇子と知り合った。彼女がサポートしている障害児団体の作品展を市民会館で後援してもらえないだろうかと申し入れに行ったことが縁で、それ以来お互いに尊敬しあっている仲である。

鴇子が現役時代は女の校長はごく少数であった。教師として教室に立つことをなによりの使命と思っていた彼女自身は地位を望んだことはなかったが、女性であるために校長や教頭になれないことにはいつも憤慨していた。

いまではかなり多くの優秀な女性たちが学校や役所で管理者として活躍していることが鴇子は嬉しかった。

なかでも伊田は、市民会館の館長になってから次々と新しいアイデアを打ち出し、会館を単なる箱物以上の、市民の自主的な活動の場に生き返らせてきたのだった。

「先生にお願いがあって来たんです」

伊田の依頼は、この秋の敬老の日に館が主催する「寿大学」の講師を引き受けてもらえないか、というものだった。

「講師？　私が？」

「寿大学」も彼女の提案で生まれたものだった。敬老というのは老人をいたわり、弱者として保護することだけではない、現役を退いた年代の人たちが、より積極的に社会にコミットしたり、学んだり、何かを創造することを促し、長い人生の蓄積を社会に還元できる機会を作り出すことだというのが伊田の持論だった。

これまで二回の講師は群馬大学の教授と、市内で活躍する弁護士によるもので、二人とも知名度もあり、二〇〇人以上の聴衆を集めていた。

「これからはお年を召しても実際に生き生きと活躍している人を講師にお願いしよ

うと思っているんです。浅川先生が「たのしい生活」っていう小冊子に五年間「教育随想」を書いておられたでしょう。それを読ませていただいて是非お話していただきたいなと。テーマは随想に書かれているようなものでもいいんですけど、先生、国語の先生をされていたし、歌集を出されているし、出来たら「文学に表われた老人像」みたいなことでお話いただけないかしら？」

「まあ、それは無理だわ。そういうテーマならやっぱり大学の先生とか文学者とか、プロにお願いしたほうがいいですよ」

「そこなのよ、私の考えは、まさにそのこと。プロじゃなくて普通の人が、いわゆる市井の人がこんなに勉強している、そして表現することが出来る、そういう話を多くの人に聞いてもらいたいの。しかも、ご自分が老人という、あ、失礼な言い方になっちゃいますけど、世間で老人とね、いわれる年齢になられた目でまとめていただきたいんです」

伊田の話は説得力があり、日ごろ鴇子も同じようなことを考えているのを見抜いたようで、彼女は思いがけず引き受けることにしてしまった。

「ほんとに素人ですからね、とりとめのないことになっちゃっても知りませんよ。でも、関心のある分野だし、私の勉強にもなるからやってみます。それにしても私なんかの話、聞きにくる人いませんよー」

「人数は必ずしも問題じゃないんですけど、それはこちらにお任せください。先生はご自分で思っている以上に有名人でいらっしゃるんですよ。昨年のムラサキシキブの結び文の件も人集めに一役買ってもらうことにしましょう」

伊田はころころと笑いながら風の中を自転車に飛び乗って帰っていった。

鴇子は外泊許可をもらって、昨夜自宅に戻っていた。

敬老の日の「寿大学」の講演のため、長男の妻の絵美が付き添い役で東京から来てくれている。

七月の終わりに入院が決まったとき、鴇子はすぐ伊田に連絡して講演は無理だということを伝えた。伊田はあわてて駆けつけてきて、少しやせたようには見えるが顔色もよく、声にも張りのある鴇子の様子に安堵した。

「肝臓の値がね、あまり感心しないようなの。この暑さで夏ばてぎみだし、入院して様子を見ましょうということになっちゃったのよ」

「前の手術の胃のほうが悪いのかと、びっくりしちゃいました」

「それで、いつまで病院にいるかもわからないので、講演のほう、お断りしておくほうがいいかと思ったわけ」

「ご病気ならそれはもうしょうがないんですけど、だけど残念だなあ」

「ご迷惑なのわかってるの。これから代わりの人を見つけなきゃならないでしょうし、その方の準備もね、あまり時間がないわけだし。でも、直前にできませんということになったらそれこそもっと困ったことになっちゃうでしょ」

「あのー、ご準備はまだ？」

「一応調べるべきことはすんでいて、話の骨組みは作ったのよ。私のことだからレジュメを作らなきゃならないような学問的な内容ではないし、後は出たとこ勝負で、漫談みたいなことになっちゃうかなと思っていたの」

沈黙があった。伊田は、しばらく下を向いてじっと何事か考えていた。

鴇子が台所から冷たい麦茶を持って戻ってきて、伊田の前に静かにグラスを置いた。空け放した洋間の窓から、時折爽やかな風が吹き込んでくる。

「先生、こうしませんか」

伊田は意を決したように顔を上げ、鴇子の目を覗き込むようにして言った。

「病状が思わしくなくて先生のお話が中止になることも想定して、準備は進めます。でもできれば予定通りにさせていただきたいんです。ひとつは、先生が回復されることもあるわけですし、ご準備もしていただいているということがありますけど、何より私が先生のお話を伺いたいんです。無理を承知でお願いするんですが、ぜひ予定通りにということにさせていただけませんか」

そのときの伊田の表情が忘れられない。彼女は危険を冒してでも鴇子に「最期」のチャンスをくれたのだ。来年はもうない、と直感したのかもしれない。そして、講演という予定を作って、鴇子を励ましてくれたのだ。

鴇子は、明るいブルーと白でざっくりと織られた格子縞の長袖のスーツを着た自分の姿を鏡で見ている。やせてぶかぶかになったスーツの襟元と袖口からしわだらけの首、骨ばった手が醜く突き出している。朝から三〇度近い気温だというのに、空気に触れる肌はざわざわとして、鳥肌立つように寒い。

「絵美ちゃん、この首、どうしよう。しわしわでみっともないわよね」

「そんなことないですよ。でも、ちょっと寂しいからネックレスしたらどうでしょうか」

絵美は肩まである髪を上手にアップにまとめてくれて、その後ろから鏡を覗き込んで微笑んだ。彼女はベージュ色の麻の、もちろん半袖のスーツで涼しそうだ。古希の祝いに子供たちが贈ってくれた、バラの花の細工を施した象牙のネックレスをすると確かに格好がつき、華やいでさえ見える。

「おーい、まだか。そろそろ出かけたほうがいいぞ」

信一郎が、玄関から声をかけた。もうだいぶ前から車を車庫から出し、窓を拭いたりして待っていたのだ。

せっかちな信一郎のおかげで、市民会館には開場の一時間も前に到着した。以前鴇子も勤めていたことのある中学校が移転して、その跡地が見事に整備されていた。市民会館までのアプローチはレンガ風の敷石になっていて、大通りに面した欅の並木が爽やかな木陰を作っている。

敷石に沿った、今は背の高いひまわりを中心に、矢車草やヒャクニチソウ、ペチュニア、サルビアなどが色とりどりに咲き乱れている花壇も、伊田のアイデアで作られたと聞いている。市内のいくつかのボランティアグループがこの花壇の世話に当たっているのだ。

四季それぞれに、各グループが花作りの腕を競い合っているからだろうか、いつでも鮮やかな生き生きした花々で彩られ、所々に置かれた瀟洒なベンチも細やかな心遣いを感じさせる。

「わあ、きれいですね。私カメラ持ってきたからここで写真とりましょうか」

初めて市民会館に来た絵美が思わず声を上げる。

信一郎と二人で、鴇子一人で、絵美と鴇子で、というように何枚かシャッターを切ってから、会場へ向かった。

入り口には「講演　文学に表われた老人像　講師　浅川鴇子先生」と麗々しく毛筆で書かれた大きな立て看板があった。

「やだなあ、なんだか恥ずかしいし、緊張しちゃう」

「はい、この看板を背景にもう一枚」

「遺影にできるように綺麗にとってよ」

「やだー、お義母さんたら、そんな冗談やめてくださいよー」

三人は笑った。笑いながら鴇子は、まんざら冗談でもないんだけど、と心のどこかで感じていた。


二階の館長室に行くと、伊田が手を大きく広げて出迎えてくれた。

「先生、すごくお綺麗ですよ。ああうれしい。今日を待ちに待っていたんです」

伊田は、大丈夫ですかとも、お元気そうとも言わない。それが彼女のさりげない思いやりであった。

「お迎えにもあがらないでごめんなさいね」

まだ時間があるからと、これも伊田の気遣いだろうか、コーヒーや紅茶ではなく、香りのいいハーブティーを飲みながら、会館の主だったスタッフに紹介されたり、お喋りしているうちに鴇子の緊張もほぐれてきていた。


会場は思いがけず二〇〇名を超えるかという盛況で、冷房が効いているのにむんむんするほどだ。

伊田がまず壇上にあがり、要領よくこれからの「寿大学」の構想を述べた後、鴇子の紹介をして戻ってきた。

「先生、ゆっくり、お疲れになったらお休みになっていいですからね。無理をなさらないで」

鴇子の手をしっかり握って言った。

鴇子は簡単な講演メモを持って、大きな拍手に迎えられて登壇した。

「みなさん、こんにちは。ただいま大変お褒めのお言葉をいただいて恐縮しているんですが……」と鴇子は鍛えられた朗々とした声で講演を始めた。

長年教師をしていた彼女にとっては話すことは得意であり、いったん口を開くと体中に力が漲ってきて病気のことなどどこかに吹き飛んでいた。


台風が近づいていた。今度の台風は大型で、列島を縦断する恐れもあるといって、ニュースは昨夜から上陸間近い沖縄の模様を伝え、警戒を呼びかけている。

信一郎は断続的に降る雨の中、病院に妻を見舞った。

毎日午前中には、頼まれた本や洗濯物などを持って病院に来ている。最近病室に入って目にする鴇子の表情がめっきりやつれ、大儀そうなので一瞬胸をつかれるが、鴇子は信一郎を認めるなりぱっと顔を輝かし、生き生きした表情を浮かべ彼の不安をかき消してくれる。

信一郎は同室の人たちに挨拶しながらのっそりと鴇子のベッドに近づいて椅子に座る。病室の窓からは吹き付けるような雨を通して利根川にかかる鉄橋が見える。

「雨の中、すみません。ズボン濡れちゃってるわよ」

「まだあんまり降ってないんだけど、時々ばらばらっと横殴りに降ってくるんだ」

そういえば、と言って信一郎は持ってきた紙袋の中から細長く折りたたんだハンカチを取り出した。

「結び文ね！」

鴇子は弾かれたようにベッドに半身を起こしてそれを受け取る。

一年ぶりの結び文は、絹地のハンカチに包まれて、たわわに実ったムラサキシキブの枝に結び付けられていたのだった。ハンカチには十二単姿の紫式部が描かれ、

「めぐりあいて……」の百人一首の歌が薄墨で書かれていた。

秋の陽にはんなり垂れし枝いくつ去年にも勝る珠の紫

美しい毛筆で書かれた和歌にじっと見入る鴇子に声をかけようとして、信一郎ははっと息を呑んだ。やせた肩が小刻みに震えている。彼は見てはならないものを見てしまったと思った。ずっと考えることを拒んできたこと、目をそむけてきたことを突きつけられた想いだった。

おととしの胃がんの手術、一年半後の再入院。医者は、肝臓の機能が著しく低下していると彼に告げていた。

今年の初め頃から急に痩せてきたこと、特に最近はベッドに寝ていることが多くなったこと、決して弱みを見せない鴇子が泣いていること。これほどの客観的事実がありながら、これらが指し示している結果の最悪の一つについては考えようとしなかった。

そうではない。信一郎にとってそれはあまりにも非現実的で信じられないことに過ぎなかったのだ。鴇子の小刻みに震える肩は、恐ろしい結末をありうることとして彼に突きつけたのだった。

うろたえている信一郎に気づいたのだろうか、一瞬の後、鴇子はことさら明るい声で隣のベッドに声をかけた。

「中原さん、ほら、お話していたムラサキシキブの結び文、また来たのよ。見て見て」

「あらあ、ほんと。素敵ねえ。伊藤さん、ほら、これよ」

短冊は中原の手に渡り、鴇子のベッドの周りに集まった部屋の全員に次々と手渡される。ちょうど部屋に入ってきた安武看護士まで加わって大騒ぎとなる。

「またひろばに報告してくれるんでしょう?」

ぐるりと一回りした短冊を鴇子に戻しながら中原が尋ねる。

「なんかね、文章を書く気力がないのよ。今回はお父さんに書いてもらおう」

「なんだ、自分で書けよ。そんなことじゃ退院なんてできないぞ」

「そうですよ、浅川さん。一一月にはお仲人があるから今月中に退院させてくださいって先生に頼んでいらしたじゃないですか。書いてください。楽しみにしてますよ」

「退院できますかね?」

「食欲もまあまあですし、ねえ、浅川さん、毎日三〇〇〇歩は歩くって、病院の中を歩いているのよね。下着などはご自分で洗濯して屋上まで干しに行ったりしてらっしゃるし、大丈夫なんじゃないかしら」

鴇子は、先日見舞いに来た長女が、うるさいでしょうからといって短く切ってくれた髪を撫で付けるようにいじりながら、どう、偉いでしょ？　と言うように信一郎を見て微笑む。髪はふわふわと薄く、染めた色はほとんどなくなっているが、そういう仕草は童女のようにあどけなく見える。

信一郎にはこうした表情や会話やこの病室の明るい空気が、今日はいつになく作り物めいて居心地悪く感じられた。自分の言葉すら芝居のせりふのように思えてくる。

鴇子のことだから三〇〇〇歩歩くのも、洗濯しているのもありうることだ。食べないと元気にならないから食べ、退院のために歩く、鴇子はそれが当然と考えている。信一郎自身さっきまでは何一つ疑っていなかったのだ。だが、今のざわざわとした胸のざわめきはどうしたことだろう。足元を掬い取られるような頼りなさはどうしたことだろう。

信一郎は、締め切った部屋の中にまで時折ざーっという音を響かせて、窓に吹き付けてくる雨を見やった。いよいよ台風が近づいてきていた。

浅川家で通夜が営まれていた。ムラサキシキブが通夜の提灯の明かりに橙色に照らされている傍らを、弔問客の長い列が伸びている。どなたがなくなったのだろうといぶかりながら、笙子は自転車でその列をかすめて通り過ぎた。

この月の初めに結び文をして以来上毛新聞の「ひろば」欄には何の投稿もない。もしや鴇子という人が亡くなったのだろうか。笙子はせめて門の前に掲げられていただろう、通夜を知らせる大きな立看板を確認して来ればよかったと思いながら、知るのも怖いような気がして引き返すこともできず帰宅してしまった。

「忌中」の印をつけた浅川家の玄関を目にしながら何日か過ぎた朝、笙子は「ひろば」に「紫式部の結び文＝続編」の投稿を見つけた。署名はいつもの鴇子ではなく、夫の信一郎になっていた。

笙子が結んだ和歌を紹介した後、続けて文章はこう綴られていた。

「妻が家にいたら、また、〝ひろば〟にお知らせしたことでしょうが、入院中（近く退院予定）なので、私が代わってお礼の言葉を綴りました。

紫に結いて賜びたる歌の文優しき心にじむ水茎」

和歌は信一郎という人のものだろうか。夫のあの人も和歌をする人なのだろうか。それではあの通夜の、亡くなった方はどなたなのだろう。笙子が知る限りあの家には年配のご夫婦しか住んでいないように思われたのに。

腑に落ちないことであったが、そして、鴇子が病気をしていたことは気がかりだったが、亡くなった方が鴇子ではないと知って、笙子は安堵した。

去年の広場の投稿に「会いたい」と何度も書いてくれたにもかかわらず、どうしても気後れして訪ねることができなかった悔いがあった。

それから間もなくして、お見舞いということでお訪ねしたほうがいいだろうかと考えていた矢先、「ひろば」欄の「むらさきしきぶ残照」と言う文字が目に飛び込んできた。

それはいつもの「ひろば」の体裁ではなく、黒枠の中に幾つかの投稿が掲載されていた。

亡くなったのは浅川鴇子さんだったのだ。信一郎名の「ひろば」への投稿は、亡くなる前になされていたのだろう。「近く退院予定」とあったのに、病状が急変したにちがいなかった。

「まだ私は信じられないのです。あんなにお元気だった浅川鴇子先生が、アッという間に……それも、たわわに実をつけたムラサキシキブの真っ盛りに、天に召されてしまうとは」

「人に迷惑をかけないで、一人でさっさとやってしまう鴇子らしい最期かと思います、と静かに語られるご夫君のお言葉に胸がこみ上げるばかりです」

「私が20年前から続けている〝くるみ学校〟（アレルギーの子を持つ親の会）のことも、ボランティアゆえの悩みを抱えていないで、と、ただ励ますだけでなく、即実践に移してくださるのです」

「あの結び文の君に一度お目にかかりたいと日ごろ語っておられた先生の言葉が鮮やかによみがえり……」

「浅川鴇子先生は前橋市内で数多くの役職につかれ、とても功績の多い方と伺っています」

「4月29日のひろば県大会のとき浅川さんはあの結び文を持ってこられ、皆さんにお見せしていました」
「ムラサキシキブの枝に短歌を結ばれたお方、浅川さんが、お会いしたいと三度〝ひろば〟で呼びかけましたね。どうぞ名のってあげてください。そしてムラサキシキブの枝に心優しい短歌をこれからも結んでください」

それから数日後、上毛新聞の一面、「三山春秋」というコラム欄にこんな記事が載った。

……古くから「結び」には願いごとがこめられていて、時には神秘的でさえある。夫婦の縁もそのひとつだが、豊年を祈る〝生(いく)結び〟長寿を願う〝魂(たま)結び〟など呪術や信仰の世界に生き続けた。社寺の境内で、木の枝に結ばれた願掛けを今も見受ける。

ある秋の朝、庭先のムラサキシキブに見つけた結び文の話が本紙〝ひろば〟に載ったのは1年前の11月7日。「道すがら朝な夕なに観る枝の紫式部垂れてゆかしき」それにこたえて「久に訪う友の眸のなかに映る紫式部のあえかなる色」見事な短歌のやりとりと、王朝絵巻源氏物語の作者にちなんだ木の実の鮮やかな紫色が、読者に強い印象を残した。

それから1年、紫の実がなり、枝に再び結び文が届く。が、投稿の歌人浅川鴇子さんは既に病に倒れほどなく亡くなられる。〝ひろば〟で知られるとおりの経過で。

生前の浅川さんは「詩ごころ豊かなこの歌の主にぜひお目にかかりたい」「ゆかしいうたの主よ、電話でお声だけでも」と訴えていた。〝みずくき〟のあとから、文の主は女性と、推理していた様子だったが対面できずに終わった。

読者の声も「本人を知りたい、そして〝ひろば〟の仲間へ」との期待が強いが、反面、故人も知りえなかった人だから、いつまでも神秘の彼方に置きたいとの思いもあり、複雑だ。知っているのは紫の木の実のみ——。

葬儀が終わり、学校のある孫たちを連れ、仕事をそうそうは休めない男たちがそれぞれ先に帰っていった。娘二人と長男の妻があとに残り、片付けや信一郎の身の回りのことなど世話を焼いている。

「お父さん、これからどうするの?」

早い夕食をみんなで済ませて、コタツの周りに四人が集まった。これから東京に住む茅子と絵美は遅い電車で帰るのである。京都の末娘だけが明日の午前中に帰る予定だった。

「お母さんが入院中は私と絵美ちゃんとで一週間ごとに帰ってたけど、これからはそんなにこっちに来られないと思うのよ。一人で大丈夫?」茅子が聞く。

「なに、大丈夫さ。今迄だって一人でやってきたんだ。心配することない」

「お父さんお元気だし、寂しいでしょうけどここで暮らすほうが私はいいと思うの。急に環境を変えるとぼけちゃうこともあるって聞くわ。お友達や絵のお仲間もいらっしゃるし」

「そうよね。落ち着いたら京都においでよ。一ヵ月でも二ヵ月でも好きなだけいればいいじゃない。私も出来るだけこっちに帰ってくるようにする」

「私は家に来て一緒に暮らしたらどうかなって思うんだけど。私も仕事してるし、狭い家だし、友達もいないしね。快適とはいいがたいからなあ。気が向いたら正樹の家、芙蓉の家、私の家と渡り歩くっていうのも楽しいかもね」

「お掃除や買い物、食事の世話で家政婦さんをお願いするのはどうですか？」

絵美が提案する。

「いや、いいよ。人に来てもらうと気を使うんだ。家政婦さんが来るから片付けとかなきゃなんて考えそうだよ。料理ってほどのもんじゃないけどご飯炊いて、魚焼いて、味噌汁作るくらいのことは自分でできるしな。コンビニが近くに出来ただろう、あれが便利なんだ。簡単な惣菜くらい売ってるし、スーパーみたいに四人前なんていうんじゃなくて、一人暮らし用にパックされてる。お母さんが病院にいる間にお得意さんになったよ」

「コンビニ爺さんかあ。進んでるね、お父さん。私なんてどうもコンビニって割高感があってあんまり入ったこともないよ。でも掃除は大変だよ。広い家だしね。トイレ掃除とか、お父さんやれる？」

芙蓉は掃除だけでも時々人を頼んだら、と父親の顔を覗き込むようにして言った。

「埃じゃ死なんよ。心配するな。まだまだそんなに老いぼれてはおらん」

娘たちの気遣いは嬉しかったが、信一郎にしてみれば、妻が健在だったときだって自分のことは自分でやってきたと言う自負がある。長い共働き生活で彼は彼なりに家事を分担してきたつもりだった。一人くらいの暮らしのことなどどうということもない、と信一郎は考えている。

結局絵美が何週間か前の市の広報を探し出してきて、とりあえず福祉電話というものを申請することになった。それはただ単に緊急のとき市の福祉担当に直接通じる電話で、自分で通報するだけのものだったが、いくら元気でも一人暮らしでは何があるか分からない、せめてそれだけは設置しておこう、という娘たちの意向を信一郎も承知した。

「私が明日帰る前に市役所に行って申し込んでおく」

芙蓉が請け負った。

茅子と絵美が帰る時間になって、信一郎は車で二人を駅まで送った。そら、車だって運転してるんだ、まだまだ世話をしてやっているのはこっちだぞ。改札を入る二人に手を振りながら信一郎は気丈に微笑んだ。

芙蓉が帰り、独りになってみると、信一郎にはこの一週間の出来事が本当にあったことなのだろうかといぶかしく、非現実的に思われる。

考えてみると、思いがけない鴇子の急変を報せる電話を受けたあの日から、信一郎は現実の出来事から締め出され呆然と立ち尽くしていたような気がするのだ。

スローモーションの映像が色彩もなく音もなくただ目の前を流れていた。子供たちや兄弟や親しい人々の涙、泣き声、弔問客の悔やみの挨拶、果てもないかと思われる読経、祭壇を埋め尽くした供花の重なり、喪服の波、ろうそくの明かりと線香の香り、棺に横たわる鴇子の小さくなってしまった顔……。

昨夜は鴇子が亡くなってから始めて、天井の高い八畳の和室に一人で横になった。彼女が入院して三ヵ月間、こんな風に座敷の真ん中に布団を敷き一人で寝ていたものだ。

周りから襲ってくるような闇に目を凝らしながら、遺体に取りすがって泣き叫ぶドラマのお決まりのシーンは、ありゃ、嘘だな、と信一郎は埒もなく考える。それから、葬式はありがたいもんだ、とも思う。周りに人があふれ、光と声と香りがあふれ、何にも考えなくていいというのはありがたい、これは人間の知恵だな。

信一郎は同じことを繰り返し繰り返し考えながらやがて濃い闇の中に引き込まれていった。

淀んだような眠りから目覚めたとき、廊下の分厚いカーテンを透った朝の光が部屋の障子を薄明るく浮かび上がらせていた。一瞬信一郎は昨日までの出来事が夢だったのではないかと胸を躍らせたが、それは一瞬だった。何もかもが現実なのだと気づかされる一人きりの朝の目覚めは、信一郎にとって思ってもみなかった重さで迫ってきた。

妻を亡くしてもっとも困難なことは、少なくとも彼にとっては、娘たちが心配していたような暮らしのことではない、と信一郎は薄明かりの中で思った。鴇子がもう絶対に戻ってこないこと、再び会うことが絶対にできないこと、存在するのが当たり前だったことがもう絶対にありえないことを受け入れ、それに慣れることができるのだろうかということなのだ。


玄関に和服の中年の女性が立っていた。彼女はゆっくり頭を下げると、ちょっと緊張した面持ちで挨拶をした。

「初めまして。突然お邪魔して申し訳ありません。私、松井笙子と申します。あの、今頃うかがってお叱りを受けるのではと思いましたが、ムラサキシキブに結び文をした者でございます。鴇子先生にお線香を上げさせていただきたく、参りました」

小柄なほっそりした体をさらに縮めるように、彼女は再び深く頭を下げる。

「ああ、あなたでしたか。それはどうも」

信一郎は松井笙子を仏間にいざなって、座布団を避けて正座した彼女の前に座る。

「これまで何度もお伺いしようと思っておりましたが、私のいたずらが思いがけず大きな反響を呼んでしまって気後れしてしまい、今日になってしまいました。鴇子先生にお目にかかることが出来なかったこと、本当に申し訳ありませんでした」

「あ、いやいや、どうぞお直りください。確かに家内はあなたにお目にかかりたかったと思います。しかし今日来てくださってどんなに喜んでいることでしょう。家内に会ってやってください」

笙子は静かに仏壇に向かうと、線香をあげ、長い間瞑目していた。ちーんという鉦の音がかすかに震えながらいつまでも部屋に漂っている。

利休鼠の紬に薄紫の帯が、彼女に落ち着いた雰囲気を与え、結び文の端正な毛筆の文字と巧まない歌の詠みぶりと見事に調和している、と信一郎は彼女の後姿をみつめた。突然の来訪が信一郎を戸惑わせることもなく、なぜか自然に、予定されていたことのように時が流れている。

「私のいたずらの矛先が浅川先生のお宅だったこと、どうしても神様の仕業としか思えないんです。和歌をされる方とは知らず、ただムラサキシキブの見事さだけの理由で結び文を私にさせたのはきっと神様です。その神様が鴇子先生をこんなに早く召されてしまったのですね」

「私も昨年からのことを考えると、仕組まれた物語の中の出来事のように思います。家内が自分の死を悟って、あなたの結び文から物語を紡いで逝ったのではないかと。彼女の最後を飾る華麗な物語です。あなたに感謝しています、家内へ最高の贈り物をしてくださったと」

居間に移って、信一郎はぎこちなくお茶を淹れ笙子の前に置く。

「こんな大きなお家にお一人で?」

笙子は火の入っていないコタツの周りに積まれている本や、新聞や郵便物、まだ一〇月のままになっている壁のカレンダー、からからに乾いた台布巾などに目をやりながら、老人の日常に思いをめぐらせる。

「一昨年から家内は入退院を繰り返してましたから、この暮らしはその延長みたいなんです。ですから家内がまだ病院にいるような気がして、それが閉口です」

話はそれからそれへ続いた。彼女がどのように書道や和歌を勉強してきたか、どんな暮らしをしているか、笙子が信一郎の子供たちと同年代だということ、和歌をはじめたのは信一郎が学生時代で、アララギ派の歌人の弟と自分の妹が結婚したこと、鴇子は信一郎と結婚後和歌を始めたが、そのうち鴇子のほうが熱心になり、歌集も出していること。

「ひろばで鴇子先生が私に下さると書いてくださった歌集ですね。私恥ずかしくって上毛新聞のひろば担当の方にもご連絡してないんです」

これです、と信一郎がかなり厚みのある「あさがお」と題する歌集を差し出す。

数年前に刊行されていて、勿論ムラサキシキブの歌のやり取りは載っていない。

ほんのちょっと、お線香を上げてご挨拶だけ、と思ってきた笙子は、もう二時間も話し込んでいたことに驚いた。初対面の人と打ち解けて話すことなどほとんどないことだった。話し相手のいない信一郎を一人にして帰ることがためらわれたことも理由だったかもしれない。

「すっかり長居をしてしまいました。あのー、またお邪魔してもよろしいでしょうか」

「ご覧の通りの年寄り一人の住まいですが、いつでもお出でください。今日はほんとに良く来てくださすった。お目にかかれてよかった」

笙子は信一郎に見送られて玄関を出た。傾きかけた午後の日差しが、それでもまだ玄関脇のムラサキシキブに柔らかに降り注いでいた。

浅川の家を訪問して以来、笙子は何かと信一郎のことが気がかりではあったが、もう一度訪れるきっかけもないまま数日が過ぎた。

「松井さん電話」

職場の同僚の声に笙子は外線を受けた。

「やー、お仕事中申訳ありません。せんだってお目にかかった浅川です。ちょっとお願いがありましてお電話したしだいです」

「先日は突然お邪魔してすみませんでした。私に何か？」

「実はあなたが来て下さったことを「ひろば」に報告しようと思うんです。それで文章を書いたんだが、今度はあなたという人が分かったわけだから勝手に投稿するのはヘンだと思うんですよ。ちょっとお時間のある時に見ていただけませんかな。ご迷惑であればやめても構わないんですが……」

笙子は一瞬絶句した。どう返事すればいいだろう。名前などが公表されてしまうのは困る、と笙子は思ったが、信一郎の頼みをむげに断るのも気が進まなかった。

「分かりました。今日仕事帰りにお邪魔させていただきます」

「〝結び文〟の人にお会いして」というタイトルで、信一郎はこんな風に綴っていた。

「〝ひろば〟の皆さん、きょう（11月10日）あのムラサキシキブの結び文の主が、妻の霊前にお焼香してくださいました。やっぱり和服のよく似合う、中年の美しい女性でした。

霊前に進み、静かに瞑目されること数分。そのあと姓名を名乗られ「戯れがあまりに大きな反響を呼んだあまり、ご迷惑をおかけしました」とわび、亡妻に対してのお悔やみを申されました。静かな物言いの中に教養を積まれている真摯な気持ちが、私にはしみじみと感じられました。女子短大の公開講座で源氏を学び、私どもの庭のムラサキシキブの珠実に、通勤途中、心ひかれ、純粋な気持ちから結び文にしたためられたとか。書は専門家に、短歌はラジオとテレビで学び、歌舞伎や文楽などの古典も親しまれる多才の方です。妻が生きていたらさぞかし話がはずんだことでしょう。妻も私も歌舞伎、文楽の愛好者なので……。

さらに妻が他界する前、市の公民館で「文学に表われた老人像」という講話の中での、ムラサキシキブ物語に触れている部分（テープに収めてあったもの）を聞いていただき、また妻が作った

成田屋は荒事芸の創始とや助六鳴神の至芸に魅せらる
（十二代目市川団十郎襲名披露）

という歌の色紙も見ていただきました。そして「このロマンがさらに他の形で

〝ひろば〟をにぎわすように」とお互いに願ってお別れしました。

いいえ、やっぱり結び文の主の名は秘しておきましょう。ロマンをいつまでも抱いていただけるように……」

「ちょっと褒められすぎで面映いですけど」

読み終わって、笙子は上気した顔をまっすぐ向けて微笑んだ。飾らないありのままの書き方を好ましく感じていた。名前を出さないでほしいという彼女の気持ちを分かってくれていることも嬉しかった。

「足掛け二年、折々にひろばを賑わしたムラサキシキブの一件ですから、あなたが尋ねて下すったことを報告するのは義務だと思ったんですよ。ご承知いただければいいんだが」

「はい、承知いたします。お心遣いいただいてありがとうございます」

よかった、お仕事帰りに悪かったね、という信一郎の声に送られて、すっかり暗くなった道を笙子は自転車を走らせた。

新聞への投稿のことがきっかけで、笙子は勤めが休みの日や帰りがけによく浅川の家を訪れるようになった。

ある時は家で作った肉じゃがや春巻きを届けたり、玄関先の草むしりをしたり、掃除をかって出たりした。

彼の好きな「万葉集」や斎藤茂吉の「万葉秀歌」の話を聞いたりすることもあった。彼の描いた絵を見せてもらったり、セザンヌやゴッホの画集を見ながら絵の話をすることもあった。時にはスケッチに行く彼についていき、利根川の河原や敷島公園などで半日を過ごすこともあった。

信一郎は彼女に、鴇子と彼が同人であった和歌のグループに入るように勧め、どんどん投稿しなさいと促したりした。

がらりと開けた玄関に並んだたくさんの靴に驚いて帰ろうとした笙子を、信一郎が引きとめ、絵のグループの人々に「この人が、あの、ムラサキシキブの人です」と紹介する、ということもあった。

「いつもあんたがこういう風にして、寂しい老人を慰めに来てくれるんで本当にうれしいなあ。忙しいだろうに悪いなといつも思っていますよ」

信一郎が縁側の籐椅子から居間に立ってきて、テーブル代わりになっているやぐらこたつの前の座布団に座る。

「とんでもないですよ。私、先生のところに伺うの楽しみなんです。いろんなこと教えていただけるし。家でも職場でも文学や芸術の話なんてできないですよね。なんか生意気そうって言うか、照れくさいって言うか、その場にそぐわないって言うか……。私ってずっとそういう空気にあこがれていたような気がするんです。源氏物語の講座に行ったのもそういう欲求があったからだと思います」

「それにしちゃ、お昼作ってもらったり洗いものしてもらったり、余計悪いなあ」

「そうじゃないんですよ、せんせ！　普通の生活の中に文学や音楽や絵や、そういうものが自然にあるってホント素敵なんですから。私のリフレッシュのためにお邪魔してるんです。気にしないで下さい」

笙子はそう言いながら、自分が信一郎の前では雄弁であるのを感じていた。自分は引っ込み思案で恥ずかしがり屋だといつも思っていた。実際、具体的な仕事や生活のうえで必要な会話はともかくとして、普通のお喋りが苦手だった。友達と会ってもいつも受身で、自分から話題を提供したりできず、思っていることの半分も表現できないでいた。

信一郎と話していると言葉が自由になる。鴇子先生のおかげかな、と笙子は思う。

鴇子との一年にわたる歌のやり取りという非日常的な出来事が、信一郎を親しいものに感じさせ、その非日常の中で彼女を生き生きとさせてくれているのだろうか。

「じゃあ今度は歌舞伎教室にしようか」

「歌舞伎ですか！　わあ、うれしい。何年ぶりだろう」


笙子が昼食の後片付けを済ませて居間に戻ってくると、信一郎は五月の太陽が降り注いでいる縁側の籐椅子に座って、庭先の真っ白な牡丹の花に見入っていた。牡丹は今咲き零れようとしている一輪のほかはまだ固い蕾だった。

「僕は結構怒りっぽい性質でね。家内には何かというとよく怒鳴りつけたものなんです」

信一郎は顔を庭に向けたまま、独り言のように話し始めた。

「しかし、あれは甘えなんだ。わがままを言える相手がいてはじめて癇癪が爆発するんだな。家内が亡くなって半年になるけど、あれが生きていた頃のように、どうしようもなくいらいらして怒鳴り散らしたくなるようなことがほんとになくなった。で、なんであんなに怒ったりしたんだろうってその時々のことを思い出すと、まったくつまらないことばかりだった」

振り返った信一郎に、笙子は何も言えずうなずいて膝の上に重ねた手に視線を落とす。

「この間一人で散歩していたら、ちょっと行った先に二階建てのアパートがありましょう。そのどこかの部屋から子供の泣き声がしてるんですよ。ママ、抱っこして、抱っこしてって、そりゃすごい声で泣きじゃくってる。その声を聞いていたら、ああ、そうか、僕の癇癪はあれとおんなじだったんだと思った。家内は私って本気で怒れないたちなのよねってよく言ってました。あれは、あの泣いていた子供のような理不尽なわがままをぶつけるようなことはなかったなあ。いつも一方的に僕がつっかかってましたよ」

「穏やかな方だったんですね」

「強い人だったんだ。強くて優しい人だったんだろうな。僕は、ほら、弱い犬ほどよく吼えるっていいましょう、それですよ」

「でも人間って、胸の中に詰っている固いしこりのようなものをどっかで発散することが必要なんじゃありません？　私も夫と言い争いしていると、つい言わなくてもいいようなことまで言い募ってしまうことがありますもの。他人との会話では絶対言わないような、傷つけるような物言いをしてしまいます。先生がおっしゃるように、あれは泣いている赤ちゃんみたいに、溜まっているもやもやを吐き出しているのかも知れませんね」

笙子は「妻が亡くなってから怒ることがなくなった」という信一郎の言葉に、彼の悲しみの深さを見たように思った。

長引いていた梅雨が明けると急に真夏になった。

内陸に位置する前橋は、冬の空っ風の厳しい寒さに対抗するように、夏の気温が全国一、二位を争うほど上昇し、ほとんど毎日激しい夕立がある。午後三時頃には積乱雲が真っ青な空にむくむくと立ち上がり、あたりが見る間に薄暗くなっていく。いきなり鋭い稲妻が走ったと同時につんざくように雷鳴が裂け、大粒の雨がどーっと、文字通りバケツをひっくり返したか、空に穴が開いてしまったように落ちてくる。

稲光と雷鳴と雨の騒々しい競演は小一時間続き、気がつくと見る間に雲が晴れ少し西に傾いた真夏の太陽が顔を出すのである。

雷が去った後は爽やかな風が街を吹きぬけ、気持ちのいい夕暮れが訪れる。

日ごろのお礼といって信一郎が歌舞伎につれていってくれてから、笙子は今度八〇歳を迎える信一郎に、誕生プレゼントを考えていた。七月も終わろうとする二九日、夕立が通り過ぎるのを待って淺川の家を訪れた。

「先生、お誕生日おめでとうございます」

自転車の荷台にやっとくくりつけてきた大きな風呂敷包みを抱えて、笙子は、はにかむような笑顔で部屋に入る。

「いやいや、どうもありがとう。ひどい雷だったから今日は無理かなと思っていたんだよ」

「これ、プレゼントです」

笙子は風呂敷を開いた。真新しい畳紙に包まれていたのは藍染めのゆかただった。紺の濃淡で格子柄に染められたゆかたと深い紺無地の兵児帯である。

「やー、これを僕に?　すごいなあ」

「お祝い、何にしようかなと迷ったんですけど……。気に入ってくださいます?」

はじけるような笑顔と、驚いたように見開かれ、輝いている目に、信一郎の喜びがあふれている。

「あんたが縫ってくれたの？」

「あ、とんでもないです。私縫えません」

「そうかあ、とんだ散財させちゃったね。ありがとう、ホントにありがとう」

「着てみてください。先生背がお高いから丈が丁度いいか心配なんです」

笙子が手伝って着せてみると、丈はぴったり、背の高い信一郎はいつにも増して粋に見える。

「私もついでに誂えちゃった。私も着てみますね」

笙子のゆかたは紺地に白い大きめの朝顔が描かれたもので、持っていた赤い博多帯を結んだ。どうですか？　と、隔てていた襖を開け、袖をぴんと横に引っ張ってポーズをとる。

「いいねえ。上品だし、とてもよく似合うよ」

「写真撮りましょ。カメラもって来ました」

二人はかわるがわる写真を撮りあった。


二月の終わりの刺すような冷気の中に、甘い香りがほんのりと漂っている。昨日、鴇子の月命日に笙子が自宅の庭の日本水仙を一抱え持って来た。半分を仏壇に供え、半分は玄関に生けてくれたのだった。

ファンヒーターのスイッチを入れ、仏壇の前に座って線香に火をともす。小さく鉦をたたきながら、鴇子の穏やかに微笑んでいる遺影に目をやって、どうしたものかね、と問いかける。

信一郎は迷っていた。

長女の茅子から一緒に暮らさないかと言ってきたのだ。

突然血圧が高くなったり、薬のせいか急に下がったりということはあったが、健康状態はまずまずでこれまで過ごしてきた。ただ、若い頃からの膝の関節痛が悪化して、立ったり座ったりが辛い。外を歩くときは杖が欠かせなくなった。

子ども達が心配して数年前から週三日、午前中だけ家政婦さんを頼んでくれて、買い物、掃除、料理をしてもらっている。

それでも最近までは、笙子や絵の仲間や後輩や近所の人が何くれとなく世話をしてくれるし、まだまだこの一人暮らしを続けて行けそうだと思っていた。

子どもたちの一同が正月を過ごして帰ったあと、信一郎の体調が悪くなった。朝起きたときや歯を磨こうと洗面所に立ったとき、突然大量の鼻血が出たり、めまいがしてその場に座り込むようなことが時々起こる。

鴇子が亡くなってからもう一一年が過ぎようとしていた。今年の七月で信一郎は八六歳になるのだ。この先何か起こっても不思議ではない年令だった。遅かれ早かれいずれはここでのこの暮らしに見切りをつけなくてはならないだろう。

二週間前の土曜日に茅子が一人でやってきた。

「お父さん、家に来て一緒に暮らさない？」

と茅子が切り出した。

「正樹たちは、前橋を離れないほうがお父さんのためにはいいんじゃないかって言うのよ。なるべく知合いがいる近くでどこか施設に入るほうがいい、って言うのが彼らの意見なの。私もそのほうがいいかなと思ってた」

信一郎は黙って茅子の言葉を待った。

「だけど、うちのダンナがね、今まで一〇年もお父さんは一人で頑張ってきたんだし、年をとって一人暮らしは寂しいだろう、この辺で家族でわいわい賑やかに暮らさせてあげたいって」

「お前たちは仕事があるだろう。僕が行ったらそれなりに負担になるよ」

「負担なんてたいしたことないと思うんだけど、昼間はお父さん一人で過ごさなきゃならない。知り合いのいないところでじっと待つ時間は工夫がいるとは思うの。でも夜はみんな帰ってくるでしょ。一人でご飯食べるより楽しいんじゃない？」

いい施設が見つかって入ることができても、それでオーケーというわけにはいかない、と茅子は言う。彼女も悠治も段々責任ある立場になって、仕事がきつくなるばかり。気楽に休暇もとりにくいし、土、日に前橋に来るとその週は青息吐息だ。施設にいるからといって放ったらかしにはできないし、家にいてくれたほうが負担は少ない、というのが茅子の気持ちだった。

「同級生の智子ちゃんや木下さんもお母さんと両親が施設にいてね、兄弟でローテーション組んで会いに来るらしいんだけど大変だよって言ってる。智子ちゃんなんかシングルマザーで仕事あるから、最終の電車で帰ってきたりすることもしばしばなんだって。まあ、最終的にはお父さんがどうしたいかが一番大事。考えておいて」

そう言い残して茅子は帰っていった。

どうしたらいいだろう、と思いながら信一郎は天井を見上げる。

普通の住宅に比べてかなり高い天井で、鴨居には彫刻のある板がはめ込んである。八畳の西の一面は、立派な床柱のついた床の間になっていて、今でこそ本や空箱を積み上げて物置のようになっているが、違い棚のある部分と、掛け軸のかかっている部分とに分かれている。

鴇子がいたときは常に花が生けられていた。

この家は昭和三〇年頃、中古で購入した。

そうだ、当初は板塀だったな、冠木門と勝手口に入る木戸がついていた。

門を入ると、竹で編んだ目隠しの垣根が、庭と、物置や台所の入り口を隔てていた。

庭には築山があって、かえでと松が配置され、灯篭も置かれていた。

何度も増改築を繰り返してきたので、今は殆ど面影もないが、もともとは平屋の古風なお屋敷風の家であった。

引っ越した頃は電気と水道はあったものの、ガスは引いてなくてお勝手には「へっつい」があり、薪を燃やしてお釜で飯を炊いていた。

その隣は女中部屋にしていたと思われる三畳の小部屋がつながっていて、曲がりくねった暗い廊下があった。薪で沸かす木の風呂桶で、焚口が北に向いていた。冬は北風のびゅうびゅう吹く中で沸かしたものだった。

そんな古風なつくりに、玄関脇の洋風の応接間があった。

信一郎と鴇子はそれが気に入って購入したのだった。洋間は手を加えずに当時のまままで使っている。

暖房は大きな掘りごたつと火鉢しかなかった。天井が高く冬は寒かった。子どもたちは分厚い半纏を着て、火鉢一つで勉強していたものだ。

ずいぶん増改築もしたなあ、と信一郎はあちこち歩き回りながら思い出していた。板塀はブロック塀に、台所と風呂場、トイレは全面的に直したし、二階も上げた。六畳と八畳の座敷をつなぐ南側の廊下には木の雨戸があり、朝夕毎に、戸袋に雨戸を収めたり、引き出したりしていた。そういえば戸袋にムクドリが巣を作ってしまったこともあったっけ。今はアルミサッシになっている。

五〇年以上ここで暮らし、家族の歴史を作ってきた。

信一郎はこの家で死にたい、と思った。

しかし同時に、それは我儘だとも思っている。

子どもたちにはそれぞれの暮らしがあり、仕事があるのだ。

これまでもお正月やお盆はもちろんのこと、折に触れて訪ねてきてくれていたし、祇園祭においでよ、紅葉を見に温泉に行こう、たまには家にも来て、などなど、彼らなりに信一郎を気遣ってくれる。

彼が動けなくなり、寝たきりになってしまったら、そんな状態でこの家で死を迎えたいと彼が望んだら、困るのは彼らだった。

施設に入るか、子どもたちのどの家かに世話になるか、道はそのどちらかしかないのだ。

信一郎が郵便受けから新聞を取って玄関を入ったとき、丸い陶器の花瓶にたっぷりと生けられた水仙の花が目に入った。馥郁たる香りがあたりに満ちている。

笙子——。

鴇子と何か約束をしたかのように、彼女が逝ってまもなく現れた妖精。

笙子のおかげで今まで生きてこられた、と信一郎は思った。

彼女のおかげで長い長い一人の暮らしに耐えてこられた。彼女のおかげで日々が美しく、華やかだった。彼女のおかげで本を読み、絵を描き、和歌を作る意欲が沸いた。彼女のおかげで食べるものはおいしく、音楽ははずんで楽しく、いつもときめきがあった。

これは恋だろうか。

老いた自分が恋だ、と言い切る勇気はない。

娘の家に行くにしろ、施設に入るにしろ笙子と今のようなつながりを続けることは出来ないのだ、と信一郎は思う。多分地域の施設に入ることになったら、笙子は時間を見つけては会いに来てくれるだろう。それは彼女に課す義務のようになってしまうかもしれない。

段々と衰え、無気力になり、面白味もないただの年寄りに成り果てる姿を彼女は耐えて目撃していかなければならないのだ。

　そんな姿を笙子の目に残して逝きたくはなかった。


「あなたの絵を描きたい」

　どんよりと曇り、今にも雪が降ってきそうな冷え冷えとした日曜の午後、信一郎は笙子に言った。

「いつも秋に都の美術館でやっていた制作展が今年は四月になってね。それに出す作品を描かなきゃならないんだ。今までは風景画ばっかりだったから、僕としては相当な冒険なんだけど今度は人物画に挑戦したいんだ」

「何度か連れて行っていただきましたよね、上野の美術館。鹿島港とか、秋の耶馬溪の絵、素敵でした。あの展覧会に私の絵を？　うー、なんだか恥ずかしい」

「絵を描くのもね、一種の運動神経なんだ。だんだん鈍くなって、もちろん感覚もね、鈍くなってきてる。まだましなときに一度描かせてもらいたいと思っていた」

「嬉しいような、怖いような」

「この歳で新しいことに挑戦しようっていうんだからたいしたもんだろ？　モデルを使って描いたことはあるんだけど、正直言って人物は苦手でね。展覧会に出せるようなものが出来るかどうかはやってみなくては分からないんだが」

信一郎は彼の心にある「笙子像」を形にしてみたかった。

おずおずと承知してくれた笙子に感謝しつつ、信一郎は自分のイメージを説明した。

薄いブルーの着物を着て椅子にかけている姿を描きたい。でも毎回着物を着てくるというのも負担だろうから、先ずは写真に撮る。写真を見ながらいくつか習作を重ねていく。時間のある時にモデルになってくれればいい。もちろんその度に着物でなくても構わない。

なるべく笙子の時間を縛りたくない、そういいながら、信一郎は絵を描くことで今よりは頻繁に笙子と過ごすことを期待している自分に気づいている。

「とりあえず今日は」

そう言って、スケッチブックとクロッキー用の鉛筆を離れから持ってくると、彼は早速デッサンを始めた。

笙子は信一郎が亡くなって以来浅川の家の前を通ることを避けるようになっていた。

それでもふと気になって行ってみることもある。

浅川家の辺りは、年毎に少しづつ変貌していた。自転車屋、和菓子屋、靴屋、肉屋、床屋などなど、個人でささやかに営んできた店が次々になくなった。裏の家、道路を挟んだ向かいの家、近くの畳屋などが取り壊されて駐車場ばかりが増えている。

浅川の家は庭木が我が物顔にますます鬱蒼として、塀の外側まで枝を伸ばしているのと対照的に、人の住んでいない家は見るたびに少しずつ朽ちていくようだった。特にムラサキシキブの季節、その実の輝きは、どこがどうと説明できない家屋の滅びを際立たせ、笙子に、目を背けたくなるような嫌悪とも悔しさともつかない気持ちを抱かせるのだった。


あれは恋だったのだろうか。思春期の少女のように恋に恋したのだろうか。

信一郎はいつも笙子を褒めてくれた。

字が綺麗だね、歌がうまい、たくまないのがいい、よく本を読んでいる、茶目っ気があるのがかわいい、着物が良く似合う、料理が上手だ……。思い出せばきりもないほど沢山沢山褒めてもらった。

はじめは鴇子の遺影に香を手向けるつもりで、月命日の二六日には必ず浅川家を訪問していた。信一郎の歓待がうれしく、一人暮らしの無聊を少しでも紛らわすことが出来ればという気持ちだった。やさしい父親に甘えるような気持ちもあった。

だがいつしか。

東京や京都の子供たちのところに逗留して、長期の不在のときなど「いつまで行っているのよ」と不機嫌になる自分がいた。仕事の帰りに立ち寄った時、来客中なのが分かって逃げるように立ち去る自分がいた。

あれは恋だったのだろうか。

彼の長女と同い年の私の、恋の対象ではありえないと今でも思う。けれども彼女の心の奥に住み着いて内側から揺り動かすような、特別な存在だったことは確かだ。

一〇年を超える信一郎と共有した時間の中で、自信が生まれ、歌が迸るように生まれ、文章が綴られた。その源に信一郎があった。

だから、たとえ生身の信一郎が失われても、もともと心の奥にいた彼がいなくなってしまうわけではないと思いながら、一方で生身の手に触れ、声を聞くことができない喪失感がこみ上げてくる。


その日笙子は特に浅川の家の前を通るつもりもなく、無意識にその角を曲がった。突然その光景は目に飛び込んできた。彼女は一瞬凍りつき、そこに立ち尽くした。

家も木々も、塀も扉も、もちろんムラサキシキブも一切がなくなっていた。白々とした砂利が敷き詰められ、黄色と黒の撚り合わされたテープが車の入る四角い仕切りを形作っている。

頭のてっぺんが痺れたようになって、その白い空間が更に白く目を刺し、周りの風景もその白の強さに色を失っていた。

どのくらいそこに佇んでいたのだろう。どこからか聞こえてくる声に、笙子ははっと我に返った。

「綺麗でしょう。このムラサキシキブ。あなたもお好きですか」

少ししわがれた快い声だった。そしてその声は少し間をおいてこう続ける。

「今日はなんていい天気なんでしょう。空があんなに真っ青」

笙子は空を見上げた。一〇月の澄み切った空がどこまでも広がっている。爽やかな風が彼女の頬を掠めて通っていった。

亡き父と母に捧ぐ
K・Hさんに感謝をこめて

# ムラサキシキブ

２０１９年１月29日　初版第１刷発行

著　者　齋藤　葉子（さいとう　ようこ）

発行者　新舩　海三郎

発行所　株式会社　本の泉社
〒１１３－００３３
東京都文京区本郷２－25－６
TEL．０３－５８００－８４９４
FAX．０３－５８００－５３５３

印刷・製本　中央精版印刷　株式会社

カバーデザイン　木椋　隆夫

カバー写真提供：ペイレス／PIXTA（ピクスタ）



ISBN978-4-7807-1924-6　C0093